未：完成

小山修一詩集

Koyama Shuichi

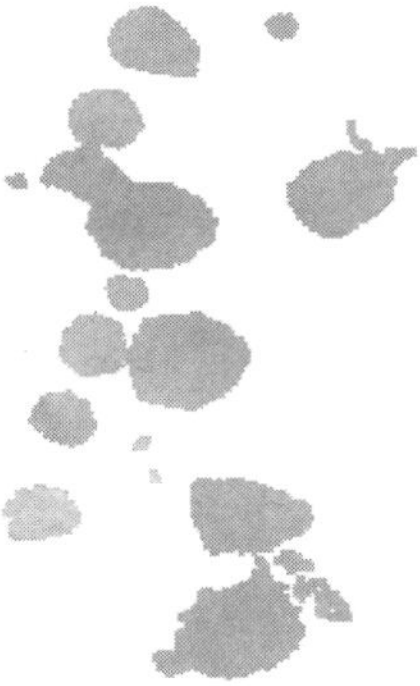

土曜美術社出版販売

詩集　未：完成＊目次

Ⅰ

Ⅱ

詩集

未··完成

I

猛暑にて

のの字　Sの字　くの字　Uの字……
逃げ場を失くしたミミズが
僅かな芝生の緑の上で
赤黒く干からびている

異常気象の日々のうちに
紫陽花は焦げ色に枯れ
ブルーベリーの葉には直立不動の尺取虫
山百合は蕾をキュッと尖らせ

開花のときを待っている

いつもなら
餌場に寄ってくる
キジバトやシジュウカラ
スズメさえ姿を見せない
蝉の抜け殻は見当たらないし
ヤブカもアリもアシナガバチも
とんと見かけない

早々と梅雨明け宣言したものの
雨のち曇り
晴れのち雨の
鬱陶しい天候が続き

肺腑を満たす空気は生ぬるく
風はそよとも動かない

噴きでる汗を拭いながら
庭を見まわすと
目にしたことのない濃緑の草が
隅々に繁茂していた

水の惑星

ひつじ雲が群れれば
明日は雨になる
山麓に、裾野に
都市に河川は流れ
蛇口を捻れば水が出る
水洗トイレには毎日お世話になっている
郊外には田んぼが広がっているし
公園の噴水に可愛い虹がかかったりします

時として
山を抉り、崩壊せしめ
濁流となって村落を壊滅させ
盛り上がって打ち寄せる津波が
港町を呑み込み
人々の暮らしや命さえ奪って行く
そういうやりきれない出来事もあるけれど
地球の総質量に占める水量は
僅か０・０２３％にすぎないと
今さらながら知って驚き
自分の無知に呆れました
そのうえ
二十二億の人々が
安全な飲み水を口に出来ないと知った僕は

水は地球の涙かもしれないと思い至り
無駄遣いしないよう心掛けています

雨上がりの朝
庭を見まわすと
生け垣のツツジの蜘蛛の巣の水滴が
まるで御数珠のように
まるく並んで光っていました

合流地点——松川湖畔にて

こんにちは
おはようございます
そういう微妙な時間帯
湖面は静寂
ガマズミの実は真っ赤

明治二十四年、この奥野の地に入植し
原生林を開墾した人々がいた。
そのうちの一人政木傳兵衛が

入植記念の石碑を建立し、夫婦松を植えたという。

ヒヨドリが飛び立つ
枯葉がはらはら落ちてくる
かるく会釈してくる人もいるし
目をそらす人もいる
ついさっき
僕を追い越して行った中年女性の背中はもう見えない

昭和三十三年に発生した狩野川台風が
石碑を、夫婦松を、伊東の町を呑み込み
人々とその暮らしに甚大な被害をもたらしたため
治水と市民の水源確保を目的として奥野ダムを造成し
生まれたのが松川湖なのだ。

ふるさと記念広場を通りすぎると
ミツバアケビの蔓がだらしなく伸びていた
薄むらさきの実を取ろうとして誰かが引っ張ったのだ

二十七世帯が住んでいた村落が湖底に沈んだのは
今から三十年ほど以前のこと。

走っているのは若い人ばかり
こんにちは、と声をかける
次々と元気な声がかえってくる
小豆甘納豆のような鹿の糞が踏み潰されている
ドングリの実や栗のイガが転がっている
ひときわ真っ直ぐノッポの樹々はユーカリだ

イロハモミジはそろそろ色づく頃だろう

奥野エコーブリッジ横の駐車場には
のちに発見された入植記念の石碑があり
三代目夫婦松の由来が記してあるが
ぐるり見まわしても松は見当たらない。

いつの日からか
妻が堤体プロムナードまわり
僕は奥野エコーブリッジまわりで歩くようになっていて
中間あたりで落ち合い
そこから僕が歩いてきたほうに引き返すことになっている

腕時計をチラリ見ると

合流地点まであと十分くらい
僕は、知らず知らずのうちに
少し早足になっていた

詩の国

岩漿と屍が積層する地殻に成り立ち
時代の波に洗われながら
海洋に迫《せ》り出している気候温暖、風光明媚。
敗残の武士《もののふ》、僧侶、貴族が
流刑の身を置いた伊豆半島。
原生林の細く険しい陸路は獣と人に踏み固められ
連なる山々と海岸を命綱として繋ぎ
山と海の恵みを撚り合わせた。
仏師たちの手によって刻まれた仏像が

多く鎮座する山間《やまあい》や
海辺の寺院を真ん中にした村落の
辻々に、落合に、岸壁に、港にも地蔵。
先進の文化は海路から打ち寄せられた。

天城山脈のふところ深く
木漏れ日を映して河川《かわ》は流れ
数多《あまた》の滝となって飛沫《しぶ》き
温泉《ゆ》はシュンシュンと涌き
不易の年月を経て、尚
湯けむりは旅の踊り子の初々しい裸体をつつんだ。
河川《かわ》の赤蛙は向こう岸を目指して飛び込み
引き返し、また飛び込み
刀折れ矢尽きて波間に没した。

一心にも可憐な求愛の河鹿は
爽やかな清流の中に浮かび
世にも美しい交尾を遂げた。

絵画と文学を愛したユマニテの詩人は
医学の道を極めて多才の足跡を残し
あすなろの木の下で
しろばんばを追いかけていた少年とともに
郷土の偉人として顕彰されている。
八十四年の孤闘の生涯を終えた女性詩人は
父母の郷里、南伊豆子浦の海辺の墓地に眠っている。

半島の中心に佇んで
ぐるり見まわせば

日出国《ひいずるくに》の縮図、詩の国の息遣い。

＊

参考人物—源頼朝・日蓮・運慶・ペリー・三浦按針・江川英龍
川端康成・島木健作・梶井基次郎・木下杢太郎・井上靖・石垣りん

早春――こころうらはら

日本水仙、凛と咲いて
庭のあちらこちら
土を持ち上げている白いとんがりは霜柱
てらてら凍っているのはメダカのいる水鉢の水面
メダカはたぶん底深くに沈んで仮死状態

白梅紅梅の枝先にふっくら花芽
僕の鼻孔に、じんわり鼻水
郵便受けの新聞を取り出す

僕の心の積層に
ひらいてみたいページの在りや無しや
僕は身震いし、鼻水をすする

甘夏は濃く色づいた順にヒヨドリが啄《ついば》み
タイワンリスが貪《むさぼ》り
挙句の果てに果梗《かこう》を咬み切って落とすので
実の数は日を追う毎に少なくなっていく
入れ代わり立ち代わり
餌台に向かってくるのはシジュウカラ
シジュウカラの群れにつられてきたのはヤマガラ
樹々の枝から枝へ忙《せわ》しなく行き来していたヤマガラは
僕の手のひらに舞いおりてきてヒマワリの種を咥えて飛び立つ
僕の手は冷え切っている

メジロ寄せのミカンをヒヨドリが横取りする
賑やかなのは屋根のスズメたち

あの時代、このご時世
変わったこと、変わらないもの
僕は、混沌と雑然と不潔とエロ・グロ・ナンセンスの
貧しかった昭和を懐かしみ
こんにちの生活は贅沢過ぎる
と、批判的に思うこともあるのだが

だが
しかし
痛い、と言いたいくらい底冷えのする大寒波のもと
こころうらはら

僕の足は玄関の奥の
暖房の効いた居間に向かってまっしぐらである

いいかげん

シュンランは
れっきとした蘭ですが
オリヅルラン　スズラン　クンシランは
蘭のなかまではありません
ちょっと混乱してしまいますね

ヤツデの葉は
八つに裂けません
ヤツメウナギの目は二つ
そもそも

ウナギではありません

瓜という字にはツメがあって
爪にはツメがありません
詰めが甘かった事例です

風呂は湯加減
料理なら塩加減

たいせつなのは
いいかげんと
思いつきと
思い込みと
思いやり

鱗《うろこ》

原始地球の漆黒の
大海の泡沫《うたかた》より派生し
いのちの存続を濃厚な酸素にたくした生命体は
陸地に這い出て鱗を脱ぎ捨て
見晴らしのいい樹冠に暮らしていたが

やがて、樹冠の住処《すみか》を下り
森を抜け出て平野を彷徨い
草原に躍る色鮮やかな

魚形のコロニーのもとに育まれ
吹きわたる颪の
甘い匂いにむせびながら
殺し殺され、喰い喰われ
時には共喰いし
支配者のようにふるまっている
頭でっかちの異様な生命体

創造主に似ている幼虫体型と
畏れを知らない危ういい行為
果てしない前向き思考は
一時《いっとき》たりとも
引き返すことを求めないし
ましてや

海に還るなんて
これっぽっちも望んでいない

我が身を眺めれば
歳《よわい》を重ねるごとに
皮膚は弛み
思い出の鱗に類似してくるので
僕は愛おしく
頬を撫でているばかり

海原には魚の群れ
大地には魚形のコロニー
仰げば遠く近く、鱗に覆われて空

ひーちゃん

掃いて吸って拭きながら
壁に沿って左方面に向かいます
まんまるいから
自由自在に動けます
角まで来たら壁を離れ
ランダムにすすんで部屋の中央を目指します
テーブルやキャスターの脚、扇風機
ぶつかるモノがあればぶつかります
おおよそジグザグにすすみます

平たいので
ソファーの下に潜り込むこともたやすくできます
二度三度、脚にぶつかってから外に出ます
外に出たら先ほどの壁に戻って
左方面にすすみます

にんげんだって
壁や困難にぶつかって
じんせいの機微・悲哀を理解し
己の在りように気づき
成長できるのではないでしょうか

とんがらないで
まるくなって

背伸びしないで
ひらたくなって
ああ、ジグザグ歩行の並木道
貴兄の汚れた心も
きれいにいたしましょう
なんて、余計なお世話でしたか
ですよね

塵芥《ちりあくた》を
この身に引き受けるのが仕事です
汚れることを厭《いと》いません
片方がきれいになれば
片方は汚れる
兎角、この世のバランスは

アンバランスで成り立っています
不平不満や非難めいたことは言いません
仕事が終われば
充電器に向かってご帰還です

一流メーカー出身ではありません
店頭でのお取り扱いはいたしておりません
インターネット販売のみのご提供
激安!!　掃除ロボット・ひーちゃんの
ひたむきで
健気な
じんせい《塵生》の一コマです

II

臨界体験

看護師さんに促されるまま
ベッドに横たわり
降圧剤を舌下に含んだ僕に
異常事態が起きたのは
それから間もなくのことだった
瞼が重く塞がれ眼球は軋んだ
心臓は乱舞し胃腸は捩じれ
体中の血管がむくむく膨張した
世界は赤黒く染まり脊髄は硬直した

僕は緊急呼び出しボタンを押した
血管が破裂する！　血の汗だ！　体が爆発する!!
と、僕は訴え続けた
　血ノ汗ナンテ　出ルワケナイデショ
　カラダワ　バクハツシマセンヨ
中年女性看護師の冷たく低い声がした
声は繰り返し僕の名前を問い、住所を問い
どこで何をしていたのか問い
この場所がどこなのか問うてきた
僕はそのたびに名を言い、住所を言い
Bホテルの温泉配管修理中だったことを伝え
A病院の名前を言った

額にトンネルが出現し
おぼろ月のような出口が見えた
そこに向かったら死んでしまう
そう感じたとたん
トンネルは二股になった
僕は細くて明るい方に意識を向けた
そこは爽やかな宇宙空間で
僕は青い星を見下ろしていた
あまい匂いが鼻孔をくすぐった

　ケツアツワ安定シテイル
　コノ症状ワ過換気症候群ダカラ
　酸素吸入ワ逆効果ダヨ
遠く聞こえる声の主はＳ医師だった

意識が鮮明になった時
僕の体は汗でぐっしょり濡れ
ベッドもひんやり濡れていた
二人の若い看護師さんの手によって
体中にくっついていたチューブ類が外され
べたつく汗はていねいに拭われた
混濁していた意識は落ちついていた

夕方、迎えに来てくれた妻と
病院で一晩明かした朝
ニコニコ顔のＳ医師から
診断と経過の説明を受けた
Ｓ医師からは一週間の入院をすすめられたが
信頼できなくなっていた僕は

体調も気分も最悪状態のまま、それを断り
タクシーで自宅のある小田原のK病院に向かった

K病院副院長の見立てては軽度の脳梗塞だった
太い血管が詰まったら両目失明でした
血の塊が心臓で細かく千切れて
細い血管に詰まったんでしょう
舌下剤は急激な血圧低下を招き
梗塞を発症する場合もあるという説明だった
　血圧は２２０を超えていました
苦しかったでしょう　辛かったですね
でも　もう大丈夫ですよ
副院長は僕の顔を覗き込むようにして
高血圧症、高脂血症ですね

心臓肥大と脂肪肝の兆候もあります、と同情の声で言った

僕はA病院告訴を考えたが
医療裁判の勝率は極めて低いことを
知り合いの弁護士から聞いていたので
泣き寝入りすることを決め
あの日から三十年近く過ぎた今も
定期通院を続けている

来歴と終活

ちびたエンピツ
ひしゃげた消しゴム
くたびれたノート

周辺には
削りかすやら
ゴムかすやら
破いてまるめたページやら

そうこうしているうちに
ちびたエンピツみたいな体型になり
ひしゃげた消しゴムみたいな面構えになって
どうにも
こうにも
まことに
面倒くさい存在になっていく

今日まで何を記し
今日までの何を
消してきたか

古希を機に
雑然とした現世の身辺整理

所有物のほとんどが
負の遺産になってしまうので
不都合なしんじつとともに
廃棄処分だけれど

さて
廃棄処分というわけにいかない
じぶんのこれからと
いかに向き合うか
それこそ
究極の終活として

ひまつぶし

ガスコンロに薬缶を載せて点火する
リタイアする前
すべての家事は妻任せだったから
コンロの点火手順さえ知らなかったし
沸騰した勢いで薬缶の蓋がずれて
こぼれたお湯が異様な音を立て
蒸気になってモクモク
びっくり慌てた経験があったので
水の分量は薬缶の八分目程度にしている

ポットの中の湯を抜いて洗面器に投入する
沸いた湯をポットに移す

おはよう　おはよう
二階の寝室から降りてきた妻は
洗面器のお湯に水を足して顔を洗い
手早く朝食の支度をする
テレビを聞きながら軽い食事を済ませ
処方薬を嚥下し
さて、やらなければならない事は特にない

日常はゆるいひまつぶし
時には上質なひまつぶし

僕が生まれた年の六年前まで
僕の国だった大日本帝国は
一億火ノ玉　鬼畜米英ナニスルモノゾ
竹槍担いで　イモ食って
欲シガリマセン勝ツマデワ
大東亜共栄圏建設戦争の真っ最中で
ひまつぶしどころじゃありませんでした
アメリカによる日本本土無差別大空襲
ヒロシマ　ナガサキ　原爆投下……
ひまつぶしもできないなんて
なんと恐ろしい不幸な時代だったことか

リタイアした今
国家や社会や誰かの為に

責任をもって成すべき用事はなくなり
正々堂々胸張って
いかにもひまつぶしらしいひまつぶしができるようになって
来し方を振り返れば
仕事の他に差し迫った用事なんて
ほぼほぼなくて
ホンネとタテマエは
ひまつぶしのクルマの両輪だった
——平和のうちにあってこそ。

花冷えの空を見る

モチベーションは低いのに高血圧症及び高脂血症
耳は遠く目はかすみ歯は揺らぎ
足取りは重く財布は軽い
悪い予感は当たり宝くじは外れ
立ち上がったとたんに何の用事だったか忘れ
とりあえず目薬をさしている

うっかりしないでしっかりしようね
妻と声を掛け合い励まし合い

会話の中身はおおよそいつもと同じ
繰り返し喚起されるまでもなく3密回避
時間はたっぷりあるけれど
どうしてもやらなければならないことは特にない

手洗い消毒のせいなのか
指紋は薄くなり
指がすべって新聞のページをめくれない
消毒済みの指を舐め舐め
テレビニュースに時々目をやりながらページをめくる
暗いニュースに心は曇る
マスクをすればメガネが曇る
心身ともに充実していた現役時代が懐かしい
少なからず美化しているもののあの頃にかえりたい

ご飯粒をぽろぽろこぼしながらボソボソ愚痴をこぼしている

肩の力を抜いたら
ふわっと浮かんできた思い
座右の銘「果報は寝て待て」
好きな言葉「棚からぼた餅」
嫌いな言葉三点セット「努力・忍耐・献身」
たまにはそんな感じの
こんな余生もわるくない
三回目のコロナワクチン接種を済ませた夜
一人寝のベッドに横たわり夜中に何度も目を覚まし
寝た気がしないまま迎えた朝
接種した左腕が45度以上あがらない
妻にはますます頭があがらない

人生の先は見えてきたのに希望の光は見えない
あっという間に一日が過ぎ
あれよあれよという間に一週間が過ぎ
一か月が過ぎて四月一日
当月のカレンダーに記す主な予定は
診察日時と病院名、分別ゴミの回収日、寄稿投稿の締切日
電気炬燵のテーブルの角に脛をぶつけたり
延長コードに爪先を引っ掛けたりしながら
新型コロナウイルスに操られているみたいな
歯痒い自粛巣ごもり年金暮らしに思うのは
我が身の行く末のことごと

幾筋か結露垂れ流れている窓硝子越しに
花冷えの空を見る

林の中には子どもがいた

クヌギの幹の
抉られたような茶色い傷口に
樹液が溢れてテラテラしている
子どもは樹液を舐めているオオスズメバチを
棒切れで叩き潰し
カブトムシは払いのけた
捕まえたいのはクワガタの王者ツノマガリ[*1]だ
幹をおもいきり蹴っ飛ばす

ポトッ　バサッ　バサッ
ゆれた草むら辺りを棒切れの先で突《つつ》き
もそもそしている落葉をひろげてみる
落ちてきたのはケムシやカミキリムシや
カナブンや枯れ枝だし
クワガタがいたとしても
メスやナタッチョ[*2]ばかりだ
栗の木の下に転がっているイガの中には
シャックリ[*3]だけ残っている

あっちの木、こっちの樹
樹液を吐き出しているクヌギの幹を次々と蹴っていくと
ひときわ大きなガサッ
落葉の中にうごめいていたのはツノマガリ

子どもは赤銅色に照《てか》るツノマガリを
ひょいとつまんで手のひらにのせた
ツノマガリはめいっぱい顎をひらいて威嚇する
子どもは目を細め
飽きることなく
その雄姿を眺めていた

＊1　ツノマガリ…ノコギリクワガタのこと
＊2　ナタッチョ…コクワガタのこと
＊3　シャックリ…中身が入っていない平たい栗の実のこと

防空壕

数人の子どもが蠟燭や棒切れを手に
裏山の斜面に掘られた横穴式防空壕に入ったのは
一九六四年、東京オリンピックの夏のこと。

壕は戦争末期、空襲に備えて手掘りされたもので
煌めく爆撃機の編隊は都市空爆を終えた帰路らしく
いつも、観光飛行のように上空を過ぎていった。
終戦後は進駐軍から娘たちを護るための
隠れ場にする心算だったが

陸の孤島のような寒村に
敵兵一人来るはずもなく
年月は過ぎていった

おっかなびっくり
摺り足で歩をすすめて行くと
二、三…五、六匹、鼠蝙蝠がぶら下がっていた。
蠟燭の灯りが壁や天井のデコボコに揺れた。
一人が一匹を学帽で押さえつけて捕まえると
誰かの甲高い歓声が反響した。
蝙蝠は身悶え、鋭く叫び続けた。
数匹が音をたてて飛び交い
黴と糞尿の混ざった匂いが鼻をついた。
壕はどこまで続いているのか。

じめじめした闇の奥から漂ってくる
薄気味わるい気配に追いたてられて
子どもたちは急ぎ足で引き返した。

壕を出ると空は眩しく
青い風がそよ吹いていた。
きつく握りしめていた学帽をひらいてみると
蝙蝠は生温いまま息絶えていた。

それ以来、子どもらは壕に足を向けることなく
快適な文化的生活を目指して
それぞれ働き続けてきたが
二〇二一年、一年遅れの東京オリンピックの夏。

日常にあまんじ
物知り顔の老人になった僕らに
時代は何を問いかけているのだろう。
寒村はベッドタウンになり
あの防空壕があった辺りには
高級を謳う巨大なマンションが建っているという。

ふる里、断章

朝早くから茶摘みに向かう日曜日
三輪トラックはゆるやかな上り坂のヒノキの森を抜けていく。
澄みわたる青空のなか
残雪を纏った富士が山肌をあらわに聳えている。

竹箒を持った父と母は
つらなるみどりの波の
うねりのような茶畑に入り
露を払って歩く。

僕らきょうだいは
かくれんぼしたり
チャンバラごっこしたり
クヌギの枝に絡まっているアオダイショウを
からかったり
きょうだいげんかして母にしかられたり
手をつないで
流行歌を怒鳴ったりして遊んでいた。

露払いが終わった父と母は
茶摘み鋏の小気味いい音をたてている
枝葉が入り組んでいる茶木の懐には
もぬけのからのホオジロの巣が
こっちにふたつ、あっちにみっつ。

土埃が舞いあがり
お日様が真上にのぼる頃になると
きょうだいのお腹は
そろってグルグル鳴りだす。
北に富士を仰ぎ
南に田子の浦を遥かに眺めながら
おむすびをほおばり
梅干しに顔をしかめるきょうだいがいた。
手ぬぐい姉さん被りの母がいた。
父は煙草をふかしながら茶畑を見渡していた。

ふる里を出て
半世紀が過ぎようとしている僕と

四十年連れ添ってきた妻と
二人ぼっちになった家に
爽やかなほろ苦さを含んだ想い出が
懐かしく薫っている。

今年も竹馬の友から新茶が届いた。

郷里

北に富士。
南には茶畑がひろがり
遥か遠く見下ろせば
空と海の交わるあたり
田子の浦港がちりちり光っている。

しんしんふる霧雨は
土に染み込んで畑を潤すが
烈しい雨は山を削り、抉り

幾つもの淵をつくりながら
砂礫の地層深く浸透して
平野の町に流れていってしまうので
僕の郷里には
小川ひとすじ流れていない。

実家の敷地内の片隅にある
墓場に向かう砂利の小道の端に
咲いているのはうすむらさきのギボウシ。
妻と二人
腰をかがめ
お線香の束に火をつける。

お墓には

曽祖父母や
戦死した大おじたち
祖父母、父母、兄、弟、妹が
ＤＮＡを濃く含む水となり
あるいは
僅かな骨片になっている。

麦畑が見当たらなくなったように
いつの頃からか
次男坊の僕の居場所はなくなったが
お線香を手向け
その手を合わせて目を瞑れば
思い出の数々が
次々と浮かんでくるし

ゆるり
目をあければ
どっきりするほど清々《すがすが》しくて
昔とちっとも変わらない
ぐるりいちめん故郷の夏空だ。

いがいが根

樹木の根っ子が剝き出しになっている狭い道の
できるだけ泥濘《ぬかるみ》のない場所《ところ》を選んで
歩をすすめていく

雨が降ったのは三日前で
今日は朝から晴れていたけれど
それでも、ぐにゃり泥を踏む
小道は左右から伸びている枝葉に覆われて日陰だし
踏み固められているから水捌けがわるいのだ

だいじょうぶ?
少し遅れてついてくる妻に声をかける
——だいじょうぶよ、だいじょうぶ
足もとに目をおとしたまま、妻はこたえる

所々、石を積んで段差になっている道は
蜘蛛の糸が顔にひっついたり
巨木の下には黒い実が
ぶちまけたように落ちていたり

海に向かう地形や
断崖絶壁の無数の溶岩殻の
茨のような景観のいがいが根

その取っ付きの
剝き出しの荒々しい溶岩を踏み
潮風をうけて立つ僕らの眼下に大海原
ぐるり城ケ崎海岸
遠く水平線

透きとおるような
清しく
まあるい青空と
ただよいながら消えていく雲
僕らは黙したまま
どちらからともなく手を繋いでいる

昭和二十六年に生まれた僕は

サンマを焼くけむりや
煮物の匂いが夕暮れを潤していた
子どもたちの泣き声や
犬の遠吠えが訴えていた
こっちにも向こうにも子どもがいて
ズック靴の爪先は破け
上着の袖には鼻水がこびりついていた
裸電球の下の家族の生活は
薄暗く雑然として賑やかだった

薪や練炭は
ガスや電気にかわった
庭の片隅の井戸から汲み上げていた水は
蛇口を捻れば噴き出る
濾過され塩素消毒された水道水になった
脱衣場には洗濯機、台所には冷蔵庫
居間にはテレビ
マッチ棒は百円ライターに
有線電話はスマホに
箒は掃除ロボットにかわった

今の生活は
快適で清潔で

先進的
かも
知れないけれど
灯りを消して目を閉じて
眠りに入るその刹那
昭和二十六年に生まれた僕は
取り返しのつかない現象が弾ける音を聴きながら
深い闇の底に沈殿していく

Ⅲ

水の記憶

山に目を向ければ
中腹の所々が抉られ
褐色の地肌が
青空のもとに晒されています

激烈な雨量と突風の大型台風が発生し
杉や檜や雑木もろとも
何百トンの土石流となって崩れ落ち
水門をせき止め

排水トンネルを塞いでしまったので
一夜のうちに田んぼが泥沼と化したのです

里山に暮らす人々は
いつもは子どもらが戯れ遊び
年寄りが寛ぐ山神社の境内にいて
その光景をぼんやり眺め
言葉少なに立ちつくしていましたが
人と家屋が無事だったことを不幸中の幸いと受け止め
甚大な被害があった他所の悲惨を気の毒がりました

重機や特殊車両が救援に来てから一か月余り
水抜きが終わった田んぼには
土砂にまみれた稲穂が

大蛇の群れのようにうねっていて
稲粒を爪で潰せば
滲み出る汁はまぶしいほどの乳の白さで
ほのかな甘い香りもするにはするのですが
泥に浸かっていた稲は
刈り取って畦に並べて置くか
切り刻んで土に漉き込む他になさそうです

異常雨量の原因が
僕らの豊かな生活の背景にあるとしたら
古来の人々がそうしてきたように
自然の摂理に逆らわず
肩の力を抜いて
摂理に寄り添う生活にきりかえればいいのに

経済発展こそが人類幸福への道
そう信じて
産業国家のみちを
歩み続けている僕らに
水の記憶が問うている事々を
目の前にして、今
耳を傾け、調和を考えるとき

ヤンゴン

高菜漬けと魚のはらわたが混ざったような発酵臭が
ふつふつとたちのぼり
肺を満たし
脳髄に纏わりついてくる。
賑やかなダウンタウンの街道にも路地裏にも
所狭しと露店が並び空気は澱んでいた。
スーレー・パヤーを正面に見て
魚や鶏肉売りの通りに歩をすすめる。
目鼻立ちの際《きわ》だつ二十歳くらいの娘が

指を血に染め
こちらに笑顔を向けて魚を叩き切っている。
日常品や衣類の店、布製品の店、果物、野菜売りの通り

「ビルマの竪琴」の国の日常に足を踏み入れた僕は
戸惑いながら笑顔をつくり
マンゴスチンとバナナを買い求める。
ミンガラーバー《こんにちは》
チェーズーティンバーデー《ありがとう》

市場をひと回りした後
タクシーをひろい日本人墓地に向かう。
ここは太平洋戦争下七万二千人余りの日本兵が亡くなったといわれ
　ている白骨街道の国なのだ。

昭和三十年代の故郷の空気に似ている草いきれを感じながら
無念の思いを残して逝ったであろう人々の霊魂に
お線香を手向け　手を合わせる。

現在《いま》は観光客に人気の
多民族仏教徒の国ミャンマーだが
温和な市井の人々の白い歯列の向こうでは
軍部が省庁を牛耳り
軍人が銃を肩に睨みを利かせ
イスラム系ロヒンギャ族の迫害を続けている。

ひび割れのような国境線
色分けされた大地
（その内側に住む者は国民とされ、愛国正義のスローガンの下、不条

理にさえ加担するのだ）
古い木造の家々が寄り添う帰り道
屈託のない表情の人々と目が合う。
ちりちり照り付ける午後の太陽
じわり汗
土埃が舞う。
少年僧の集団と擦れ違う。

＊　二〇一七年八月三十一日～九月十一日「ミャンマーの旅」より

窓

一九六九年の春
窓の数だけ家族がいた
風呂・水洗トイレ・ダイニングキッチン
快適な団地生活を手にした若い夫婦は
生涯に及ぶ生活設計をたて
明るい未来を語り合っていた

ベランダには色とりどりの洗濯物が
陽を浴びてそよいでいたし

子どもたちは
敷地内の広場に夕方遅くまで遊んでいた
日常は活気にあふれ
エンドレスと思われるような
高度経済成長の時代が続いていた

紆余曲折の時が流れて二〇二一年の夏
ひときわ目立つマンモス団地の
白亜の外壁の北側には青カビが生え
ところどころ薄鼠色の染みになっている

次々と灯りが点った里山集落
賑やかだった地方都市の商店街
笑顔も団欒もあった原子力発電所周辺の町並み

灯りの点らない窓が
大半をしめるようになったのは
何故《なにゆえ》だったろう

国会議事堂の窓には
ステンドグラスが嵌めこまれ
家族のいない部屋を
虹色の陽射しが照らしているらしい
僕らの代表は
その窓硝子越しに
僕らの暮らしの何を眺め
これからどうしようとしているのだろう

僕は手指を消毒し

マスクを二枚重ねにして
高齢者優先のワクチン接種のため
町の医院に向かった
猛威を振るっている新型コロナウイルス禍は
収束の気配がみえないまま推移している
僕みたいに基礎疾患のある高齢者が感染したばあいは
死亡リスクが高いという
それより万が一
人に感染させてしまったら
たいへんな迷惑をかけることになるので
注射針恐怖症の僕も
ようやく予約がとれて迎えた今日である

医院に入り

指示にしたがって
手指の消毒をする
番号カードを胸にぶらさげ
体温測定し
問診票に必要事項を記入し
待合室の長椅子に座って順番を待つ
名前を呼ばれ
左腕でいいですね、チクっとしますよ
僕は眼をつむって左腕を差し出す
渡されたタイマーを手に
待合室で十五分間待つ
ドアは開放され
換気扇がフル回転している

待合室には
窓がひとつもありません

涙腺

かたちあるもののすべては
カタチノナイモノの慈愛によって
生命のタネとかたちと名前を与えられたのに
もはや繁殖行為をしない
ハエ　ハチ　チョウ　ゴキブリ　セミ　ワラジムシ
ザリガニ　ウニ　ウナギ　マンボウ　カエルに至るまで変態しない

高層ビル廃墟街の直線直角を彷徨っていたカタチノナイモノは
シャッター通りの先にグロッタを発見し
其の奥深く潜り込んでロカイユの懐に抱かれ

自問自答し自己批判し総括し
宇宙の安寧をひたすら祈り
二足歩行によって地上を徘徊する異形の
猥褻な生きものヒトの行く末を危惧して
あらゆる機会に警鐘を打ち鳴らし続けたのに
先端ヒト頭脳は耳を傾けることなく
付き従う従属頭脳をたやすく洗脳し　依存せしめ
優秀な労力を寄せ集めて六角世界の変革を試み続け
疑心暗鬼の裸眼を向け合うように仕向け　いがみ合わせ
従順でないものは自爆せしめた
ヒト世界はそんな感じで循環している

従属頭脳はハリガネムシに寄生されたカマキリのように
自我を喪失し認知を患い　ダム湖のほとりに憩うけれど

カタチノナイモノに救済を求め縋《すが》るとき
螺旋の襤褸を引き千切り
天空を仰ぐとき
共存共生の旗の下に目覚めるとき
小惑星帯煌めく中心に驚異の光源が出現し
カタチノナイモノの脊髄に浸透し
海底の汚泥を纏って眠り続けている恋人の乳房にも
百三十七億年の月日に埋もれた母の乳房にさえ入力し
かたちあるものの臍の緒に繋がり
涙腺に編み込まれ
滅菌洗浄しつつ駆け巡るとき
帰巣本能に導かれて
展望をみいだし
喜怒哀楽の大海原を遊泳するのは僕

紙と鼻毛

バスがその地を通るとき
乗客は申し合わせたように
顔を顰めて窓を閉め
ハンカチを取りだして鼻に当てた
河川は澱み
ねっとりとした気泡が
絶え間なく弾けていた
近隣住民の鼻毛は伸びるのが早く
剛毛になると噂されていた

悪臭の原因は
製紙工場の敷地に積まれたチップや
製造過程で使用される化学物質の混ざった排水や
ネズミ色の煙だった
排水は河川から湾に流れ込み
ヘドロとなって海底に沈殿していったので
肺を侵された港湾労働者や住民が相次ぎ
公害裁判が起きた
経済発展と比例して
大気汚染と水質汚濁が
深刻な問題になっていた時代のヘドロ公害
大煙突から立ち昇る煙は上空に広がり
北にたなびいていった

五十有余年の年月を経て
空にあるのは綿菓子のような真っ白い雲だし
吹いてくる風は爽やかだし
鼻毛の噂は遠い過去の話になった
港の浚渫《しゅんせつ》土を利用して
広大な海浜公園が造成され
この春には
ダイオキシン類を含む堆積物の除去も完了したという

豊富な湧水と森林に恵まれた紙の都の
北に聳えているのは霊峰富士

春眠　其のⅠ

新鮮な月日はたちまちのうちに汚れ濁り
悶えながら巡り悩ましく流れ
運命共同体の抹消に於いて交わり渦巻き捩じれ縮れ
刻々と生まれ変わる細胞
繊細な神経と頑健な毳毛《ぜいもう》に護られた裂傷の奥深くに
見え隠れする何者かが
未来を呑み込もうと蠕動している
漂流する山岳弧状列島の大都市不夜城に思想は蠢き

高層ビル群の中心には星の見えない天空に歯向かうように
スカイツリーが屹立している
僕らが信じて疑わない理想社会の
先端から迸り出る行為に希望はあるか

二酸化炭素や放射性セシウムは乱層雲となって世界を覆い
恵みの雨となって子どもたちの額に前髪を張りつかせ
背骨をつたい尻の割れ目をつたい
踵に垂れて大地に浸みわたり
いろどりゆたかな野菜や果実や草木の糧となり
鳥や獣の血肉となり
ジオ地層のように
僕らの生命を具象化していく

遥か国境を越え大海を渡ってやってきたツバメは
例年通り何事もなかったように軒下で巣作りしているが
新型コロナウイルスは僕らに巣食い
変異しながら伝播し
のっぺらぼうの孤独な意思が毒素を吐き散らす
「幸福生産システム」が底冷えする令和の春の
足元に寄せては還るあやうい気配

春眠　其のⅡ

——字画の構図。人（ヒト・ひと・にん・り）の類
九割九分九厘の人類コロニー右がわの短いほう
ボクら同胞民草の象徴
民草が支えている長いほうのカレら
制御装置をもたないごくごく少数のカレらは
人類派生このかた壮大な人体実験を繰り返しながら
蟻地獄型システムを構築して富裕を手繰《たぐ》り寄せ
神々のようにふるまって憚らず
格差は落差へと広がり続けている

人という字の成り立ちを「ヒトリのヒトを
真横から見た甲骨文字」と決定づけるのは
学術的に正しいとされるが一個の人間を詩
学及び形而上学或は人類学的知見より鑑み
考察するとき人類の真実が露呈されるのだ
……民ノ目ハ眠ッテイルノデス。

——人間の構図。
人と人の間に生きてこそ人間というふうな
牧歌的で維新的な教育の継続と強化
自己責任の名に値しない文明開化のもと
貯金残高と相談しながら曖昧な自由を謳歌し
支配する者の生き様を信奉しているある種の同胞は

正義の仮面を被って攻撃する側に身をゆだね
聞くに堪えない汚い言葉をツイートしてうっぷんを晴らす
背番号をもつ多数は
権力を私有する勇者たちにおもね
与えられた場所で与えられた役割に甘んじ
本音と建て前をつかい分け
柵の中の平穏な生活に甘んじている
（そんたくそんとくそんたくそんとく）

――人類の構図。
汚染のような生産を重ね
除染のように消費を謳歌しているボクら
ボクらに繋がっている
すべてのかたちあるものかたちをもたないもの

しかたないもの、やむをえないもの
足の踏み場もない産業廃棄物にまみれ
突き進むボクらの未来に足りなくなるのは地球だから

歯の浮くようなロマンを求めて
開発の触手を
蒼ざめている宇宙へ！

春眠　其のⅢ

歯列はインプラント
眼球はレーシック
筋肉はイミダゾールジペプチド
内なる生命は絶え間なく排出され
肉体世界は新陳代謝の力学によって成立する
日常は五臓六腑の電食劣化を招き
皮膚は疲弊を覆い隠すが
胡散臭い情報が捲《めく》れ
見え隠れしている地球の口腔

僕らの（怪しげな）ポジティブは
握りしめた掌に滲み
脇汗になって臭い立ち
腰のぐるりにアレルギーかぶれを発症させる
日々の生活に於いて胃袋を溶解せしめ
穿孔うがつ豊穣を味わう僕らの顚末
真偽を眺めまわして尚
呑み込みの悪い水洗便器みたいに
ボコボコ喉を鳴らしながら見栄えよく編纂されていく歴史

鷲摑みしたい言葉に
ふれることさえ出来ないまま
抽象は具体化され遺伝子は置き換えられ

しんじつは埋葬され
神童のＤＮＡは冷暗所に永久保存される

田園風景ひろがるふるさと限界集落に
足を踏み入れれば
懐かしい家々は朽ちて傾き
陽光は荒地いちめんをへろへろ舐めまわし
蕗の薹が傘をひろげている

雨風は
花々や樹々の新芽を叩き落としながら
夜半のうちに通り過ぎて行った

ひび割れた岩の隙間に微睡《まどろ》む蛇のように

冷たい舌先でちろちろ空気を読み
素早く目先の損得計算をしながら
逆さピラミッド型社会が法則通り崩落するその日まで
春眠を貪《むさぼ》っている僕らに
天空から降りそそぐのは
ああ　息苦しいほど眩《まばゆ》い発光体だ

あとがき

——心はいつでもあたらしく毎日何かしらを発見する（高村光太郎）

かくありたい。新鮮な眼差しで風景や人心をみつめ、暮らすことができたならと願いつつ、深い意味も無意味も理由も目的もよくわからないまま呼吸のように詩をつくり続け、「詩と思想」50周年記念企画のお誘いに促されて『未：完成』と銘打ったこの詩集を纏めました。

長命の時代となって、たとえ居心地のわるさや生き辛さを感じる事柄が増えたとしても、「いつもここから、いつもこれから」の気持ちを胸に、一日一日を生きていく他に選択肢はなさそうです。

詩想目線で世界を眺めているこんな私と四十年余り寄り添い、今般の出版も快諾してくれた妻や、見守ってくれている家族・身内や友人知人をはじめ、私の存在を受け入れてくれている人々に改めて感謝いたします。

編集は土曜美術社出版販売社主高木祐子様にご面倒をおかけしました。出版に関わっていただいたすべてのみなさま、たいへんお世話になりました。ありがとうございました。

二〇二三年九月　　伊豆伊東大室高原寓居にて　小山修一